一生诺言总醉一回

花灯 著

当代世界出版社
THE CONTEMPORARY WORLD PRESS

图书在版编目（CIP）数据

一生总该醉一回 / 花灯著. —— 北京：当代世界出版社，2023.1
ISBN 978-7-5090-1691-6

Ⅰ.①一… Ⅱ.①花… Ⅲ.①杂文集 – 中国 – 当代②诗词 – 作品集 – 中国 – 当代 Ⅳ.① I217.2

中国版本图书馆 CIP 数据核字 (2022) 第 173280 号

一生总该醉一回

作　　者：花灯
插　　画：那的
出版发行：当代世界出版社
地　　址：北京市东城区地安门东大街 70-9 号
邮　　箱：ddsjchubanshe@163.com
编务电话：（010）83907528
发行电话：（010）83908410（传真）
　　　　　13601274970
　　　　　18611107149
　　　　　13521909533
经　　销：全国新华书店
印　　刷：北京汇瑞嘉合文化发展有限公司
开　　本：880 毫米 ×1230 毫米　1/32
印　　张：6.5
字　　数：65 千字
版　　次：2023 年 1 月第 1 版
印　　次：2023 年 1 月第 1 次
书　　号：ISBN 978-7-5090-1691-6
定　　价：58.00 元

序 言

　　很长时间以来，我一直在想，这本书的序言该怎么写。

　　原本是想请个小有名气的朋友作序的，但我揣摩着，仅凭这些粗浅的文字，实在不想麻烦朋友劳心费力地举荐，也实在是怕因文笔拙劣而玷污了朋友的名头。所以思来想去，还是自己唠叨几句吧。

人生一世，草木一秋。对于每个人来说，再普通的生活，也会有美好的瞬间；再平凡的故事，也会有值得记忆的感动。

多年来，我之所以一直在用手中的笔记录着生活，抒发着对生活的感悟，一是源于对文字的无比热爱，再者也是为了记录下生命中那些曾经有过的美好和感动。当然，这些美好和感动或许只是于我而言，但若能与他人分享，也算是一种幸福吧。

在如今这个纷繁喧嚣的世界里，每个人都有着不同的追求。淡泊名利者有之，心为物役者亦有之。而我也总在想，我的追求又该是什么呢？但这个问题实在太过深刻，不论也罢。一介草民，身处大千世界，很多时候，我无法抵御诸多的诱惑，但又始终不愿放弃一个穷酸书生的执念。

其实，我从来没有想过能成为作家，最终能够把这些多年积攒的文字结集成册，只是想给自己一个交代。就如同草木，历经寒暑，终会结出一枚小小的果实一般，不枉曾经历的磨难与坚持，也不负曾拥有的阳光与热爱。

我知道，我的这些文字就如同浩瀚大海中的一滴水，随着波涛的奔涌与岁月的流逝，也许终将会杳无踪迹，无声无息。但于我，能够汇入这大海，便已是一份无上的荣光和心灵的慰藉，也是一份不愿错过的美好和感动！

夏虫不可语冰，但这世上总会有扑火的飞蛾。我知道自己的不自量力，但我也相信会有宽容的读者。文字或许粗浅，见地或许浅薄，但我已竭尽所能地让书中的每一篇文章和每一首诗词都真实而温暖。

蝴蝶飞不过沧海，但或许没有人会忍心责怪。

我的本意是记录生活，展现美好。但愿我不是那歪嘴的和尚，把一部好经念歪了。

　　感谢许多人的帮助，也感谢自己。感谢自己这么多年的坚持，才终会有一次自己所期盼的酣畅淋漓的大醉。一生总该醉一回，只不过醉倒自己的不是酒，而是我所热爱的文字……

花灯

2022 年 8 月 于北京

一生总该醉一回

古都印记

消失的水塘

京城，一座古老的都市。

几十年来，我生活在这座城市里，就如同一首歌里唱的：我在这里出生，我在这里成长。

我家的老宅院在京城郊外，距离市区有三四十公里的路程。

　　记得小时候，院门前有一个大大的水塘。水塘内常年有水，水草茂盛，有鱼有虾。爷爷说，我家的祖辈是烧窑的，这个大水塘就是当年烧窑取土后留下的。

　　每到夏季，雨水注满了水塘，水塘也就变成了一个天然的游泳池，成为孩子们戏水的乐园。我和很多玩伴儿都是在这个水塘中学会的游泳。

　　其实不只是我们这些孩子，大人们也会在骄阳似火的午后到水塘中泡上一会儿，消暑纳凉。早晚时候，水塘边也总会有女人们浆洗衣服的身影。

　　每到夜晚，水塘内蛙声一片，此起彼伏。那声势，蔚为壮观。

　　到了冬天，天寒地冻，水塘内结了冰，这里就又成了一个天然的溜冰场。坐在自制的冰车上滑冰，是那个年代的孩子们，在冬季里为数不多的娱乐活动。

春秋季节，在水塘里钓鱼也是一件令人开心的事情。运气好的时候，能钓到几条巴掌大的鲫鱼或一拃多长的鲢子，多少也能改善一下家里的伙食。

在我的记忆里，那年月像这样的水塘，无论是在京城的市区还是郊区都有很多很多，几乎是随处可见。

其实，几十年前的这座城市并不像今天这般缺水，那时候的京城甚至可以说是河网密布，水塘遍地。这一点，从现今留存下来的众多的诸如"莲花池""十里河""太平湖""苇子坑"等与水相关的地名，就可以得到验证。如今，不少曾经的河湖水塘早已消失，只有地名留在了人们的记忆里。

几十年前，北京的郊区大多还没有自来水，人们大都是用辘轳从公用的水井里取水。再后来生活条件好些了，几乎每家都会在自家院子里装上一个压水机。一根铁管，只需打入地下十几米，就可以抽取到清凉甘甜的地下水。

如今，政府的饮用水改善工程早已经把干净卫生的自来水接到了每家每户，水井上的辘轳和院中的压水机已成为一段历史的记忆。

门前的水塘早已慢慢干涸，如今已被填平，村民家盖起的漂亮的二层小楼就矗立在当年的水塘上……

身处这个变革和发展的年代，科技的进步改善了人们的生活，但人们也为环境的破坏付出了代价。

我爱这个城市，感叹着它的巨大进步和非凡成就，同时也在怀念着这座城市因为发展而失去的许多天然而美好的东西……

老子云："人法地，地法天，天法道，道法自然。"老子的哲学思想揭示了世间万物的根本属性，同时也在告诉人们，天地间的一切事物都应该遵守自然的法则。而爱护自然、保护自然，就是对自然法则的尊重和遵守。

我总希望，未来还会有一天，孩子们还可以在天然的水塘中学习游泳，在天然的溜冰场上玩耍嬉戏……

年夜饭

记得小时候，每到过年，一大家子人总会聚到一起吃上一顿年夜饭。在那个物资匮乏的年代，所谓年夜饭，其实也不过是一顿有肉馅儿的饺子。

长大后，在外面读书，工作，成家，但无论怎样忙，过年的时候，兄弟几个总会一起回到家里，和父母吃一顿年夜饭。

操持每年的年夜饭，也成了父亲和母亲最看重的一件大事。

一般过年前的十来天，父亲和母亲就开始忙碌起来。采购各种食材，卤制各种肉食，炸制各种小吃，制作各种面食……这样的忙碌要一直持续到除夕。

年三十儿的早上，我会依照惯例写好对联，父亲也总会熬好一锅糨糊，然后把鲜艳的大红对联贴到院子内每一个房间的门上，大门口还会挂上一对大大的红灯笼。当这一切布置妥当，年味儿也就充满了整个院子。

晚上，大家陆陆续续地到齐了。到了开饭的时间，家人围拢在桌前，开心地享用着父亲和母亲精心准备的年夜饭，欢声笑语也会随之充满房间里的每一个角落。

一家人围坐桌前的时候，我的内心是满满的快乐和感动。每到这时，我也总能看到父亲和母亲的脸上挂着的幸福和满足的笑容。

和小时候相比，如今饭桌上的鸡鸭鱼肉早已不再是什么稀罕的东西。父亲和母亲准备的年夜饭也一年比一年丰盛，虽然还都是些家常的吃食，但大都是我们喜欢吃的东西。父亲和母亲似乎非常了解我们每个人的口味，所以在一大桌子的菜品当中，每个人总能找到自己喜欢的一道菜。

最初时，年夜饭桌边围坐的只是父亲、母亲和我们兄弟几个，后来随着我们一个个结婚成家，儿媳们一个个加入进来，再后来孙子、孙女们出生长大，也加入进来。人越来越多，为此，父亲已经三次更换了吃饭用的圆桌……

孟子说，人生有三乐："父母俱存，兄弟无故，一乐也；仰不愧于天，俯不怍于人，二乐也；得天下英才而教育之，三乐也。"在孟子的心中，人生的快乐和幸福其实非常简单，而且与名利无关。

许多年来，每当一家人围坐在一起吃着年夜饭的时候，我也陶醉在属于我的幸福和快乐之中。一顿年夜饭，数乐俱在，于我，这该是怎样的一种福分。

如今，父亲和母亲都已年近八十，但他们依然在忙碌着。每每看到他们操劳的身影，我总是在想，这样幸福的时光还会有多久？

父亲和母亲依然在为离家在外的儿女们准备着他们心目中代表着团圆的年夜饭。我们的鬓发都已泛白，却依然能和父亲母亲相聚相守，还能吃到他们亲手准备的年夜饭，这份福分，我由衷地珍惜。因为我知道，陪伴他们的每一分钟，都将会变得越来越奢侈……

瞎掰

"瞎掰",老北京方言,是没有依据的瞎说、胡扯、徒劳无用的意思。其实,"瞎掰"还是一件设计精巧、实实在在的物件儿,是一种曾在民间广泛使用的生活用品。

"瞎掰"的学名其实叫"鲁班枕",又叫"鲁班凳",据说是两千多年前,由木匠的鼻祖鲁班发明的。

制作"瞎掰"的材料，一般选用无疤痕、韧性好、密度大的优质硬木。在一块整板上画好轴、梁、槽的位置，然后通过锯、钻、抠、凿、刨、磨、漆等多道工序方能加工完成。因为是在一块整板上制作而成，互为榫卯，彼此相连，所以"瞎掰"只能折叠，不能拆卸。

"瞎掰"打开后可以当小板凳用，睡觉时也可以当作枕头，一物多用，便于携带，具有很强的实用性。

"瞎掰"设计巧妙，制作精细复杂。曾经看到过一段有关"瞎掰"的制作工艺的阐述，感觉清晰而有哲理。

"瞎掰"的制作可以说是抽象、具象结合，阴阳、动静互补。"瞎掰"如同世间自然万物一样，是一个阴阳共存的统一体。动静结合——动为阳，静为阴；榫卯相契——榫为阳，卯为阴；张合有度——张为阳，合为阴；折叠起来，又恰似阴阳合璧，继而循环往复，如日月交叠，寒暑更替。

也许，很多人都会非常困惑，如此制作精巧的物件儿，为什么会有"瞎掰"这么个名字？而在北京方言中如何又有了"瞎说胡扯、徒劳无用"的意思？

其实，这也不难理解。

"瞎了"，也是北京的一个方言词汇，大多时候并不是眼睛失明的意思，而是说事情毫无头绪，如一团乱麻，面临无法解决的局面，或者是说事情做砸了。瞎，在这里有"复杂"的意思。"瞎掰"的"瞎"其实也是这个意思，而"掰"则是对打开"瞎掰"时动作的描述。因而这个物件儿被叫作"瞎掰"，也就不难理解了。

至于在北京方言中，"瞎掰"如何就有了"瞎说胡扯、徒劳无用"的意思，或许是和"瞎掰"的结构有关。我猜想，第一次用"瞎掰"的人，大都不明其理，故而总会胡乱地开合，徒劳无功。这大抵就是让"瞎掰"有了如今方言中含义的原因吧。

我的家里至今还留存一个爷爷留下的"瞎掰"，那是做了几十年木匠的爷爷当年做学徒时制作的。那也是爷爷木匠出徒时，交出的出徒作品，大概就如同现在的毕业设计吧。

爷爷说，木匠学徒学会了制作"瞎掰"，也就掌握了各种木工工具的使用方法和木匠这门手艺的基本要领，就可以出徒了。

如今，爷爷早已经不在了，但爷爷制作的"瞎掰"留给了我。虽然它已不再是常用的生活用品，但我依然珍藏着。我希望我的后人们能够知道，"瞎掰"到底是什么。

也希望有更多的人能够明白，"瞎掰"不是胡扯胡闹的"瞎掰"，不是徒劳无用的"瞎掰"，它是古人聪明才智和创造性的象征，也是中华民族传统手工艺的一份优秀的文化遗产。

爷爷的鞭炮

在新年的第二天，爷爷走了，在他八十岁的时候。

俗语说，人活七十古来稀。爷爷能够安详地走完他八十年的风雨春秋，想来也是件值得骄傲的事了。按照当地的习俗，这样的丧事是该被称作喜丧的。

　　然而，在送别爷爷的那一刻，我却仍然无法止住自己的泪水。因为我知道，从那一刻起，爷爷将成为我生命中的记忆，而这记忆也必将会随着岁月的流逝，变得越来越遥远，越来越模糊。

　　或许，因我是家中长孙的缘故，小的时候，自然也得到了爷爷更多的宠爱。在以后的许多年里，爷爷的宠爱与祝福也一直在伴随着我。

　　还记得，儿时每到过年的时候，爷爷总会用他那辆破旧的自行车驮上我，带我到几十里外的县城置办年货。爷爷置办的那些平时难以吃到和用上的好东西我自是喜欢，而最令我开心的是，爷爷总会为我买上几挂过年时放的鞭炮。那是我喜欢的，也是爷爷喜欢的。

　　回到家里，爷爷会细心地把那一挂挂的鞭炮拆散，我想这大概是为了节省吧。在过年的那些天里，爷爷每天都会在我的衣兜里塞上一把花花绿绿的鞭炮。而我则会快乐地点上一支香头，和伙伴们一起极珍惜地把那些鞭炮一个个点燃，把过年的欢乐声传遍乡间的每一个角落……

年过完了，爷爷总会把没有放完的鞭炮留下一些，放入他的那只老旧的木箱里。而在这以后很长的时间里，我时常会惦念着爷爷木箱里的鞭炮，眼巴巴地盼望着下一个春节的来临。

爷爷去世后，父亲打开了爷爷那只从不许别人打开的木箱。那里面除了几件儿孙们送的爷爷舍不得穿的新衣服外，就全是那些花花绿绿的、爷爷一年年积攒下来的鞭炮了。

或许，这便是爷爷的积蓄了。但这积蓄不是金钱，而是爷爷几十年来所积攒的，一个个平凡而欢乐的瞬间，和一个个对未来的美好的憧憬。

　　墓地，空旷而荒凉。厚厚的雪地上，一个新挖的深深的土坑，显得格外刺眼。或许因为喜丧的原因，送葬的人群中偶尔也会传出几声说笑。棺木缓缓地落入坑底，一锹锹冰冷的泥土被填入坑中，很快，在那一个个被雪掩盖着的坟茔中间，就又多了一座新坟。

　　或许从这一刻起，爷爷便可以算入土为安了。而那一刻的我却在想，生命的结束，竟是如此的简单而短暂，然而生命的过程，却又该是怎样的复杂而漫长呵！

　　当那些缤纷的纸钱与花圈化作灰烬的时候，人们也渐渐散去。在人们离去的脚步声中，我点燃了那些爷爷积攒了几十年的鞭炮，那声音在那荒凉的坟场上空久久回响。

　　我知道，那清脆炸响的鞭炮声是爷爷的欢乐，是爷爷本该带入天堂的欢乐。我相信，九泉之下的爷爷是一定可以听到的，一定。

奶奶讲的故事

年前，九十岁的奶奶离开了这个世界。

至今我依然记得，小时候最高兴的事情，就是夜晚躺在炕上，在昏暗的油灯下缠着奶奶讲故事，哪怕有些故事我已经听过很多遍。

奶奶不识字，她讲给我的那些故事大抵也是她的长辈们口口相传下来的。随着岁月的流逝，有些故事我已渐渐地模糊和淡忘了，但那些故事所带给我的人生的启蒙却一直伴随着我……

故事一　两兄弟

很久以前，在一个叫刘家庄的小村子里，有这么一对兄弟，刘大和刘二。哥哥刘大聪明伶俐，能说会道。弟弟刘二憨厚老实，寡言少语。在外人看来，刘大聪明得有点过头，显得有些奸猾。刘二老实得有些过头，显得有点傻。总之，这哥俩品性上的差异实在是太大了。

两兄弟的父母过世后，兄弟俩分了家。刘大早已娶妻生子，"理所当然"地得到了盖有砖瓦房的大院子。而刘二还是光棍儿一个，只能住到了隔壁仅有两间茅草房的小院子里。

一顿年夜饭，数乐俱在。

这个天然的游泳池，是孩子们的戏水乐园。

分家时，家里的一大半粮食都被刘大拿走了，好耕种、产量高的田地也被刘大霸占了，留给刘二的就是几亩打不了多少粮食的薄田。

刘二虽然家境窘迫，但心地善良，每当有乞丐到门口要饭，就算他自己饿肚子，也会把仅有的吃食让给乞丐。这样的日子没过多久，刘二家里就断粮了。

这一天，刘二坐在院子里饿得眼冒金星，看着院子上空飞来飞去的燕子，心想，要是这些燕子能下几个蛋给我，我就不会挨饿了。于是，刘二就真的弄了个篮子挂在房檐下，然后对着天上飞着的燕子，嘴里念念有词：东边来只燕儿，西边来只燕儿，谁在我小篮儿里下个蛋儿……

说来也奇怪，那些燕子竟真的一只只飞进篮子里，不一会儿就下了满满一篮子的鸟蛋。

刘二高兴坏了，取下篮子，美美地饱餐了一顿。

从此之后，刘二依然每天辛苦地耕种那几亩薄田。实在饿了就把篮子挂在房檐下，而那些燕子似乎是可怜善良的刘二，总会在他饥饿的时候为他送上一篮子鸟蛋，刘二也会把这些鸟蛋分给逃荒要饭的人们。

刘大早就知道弟弟已经断粮了，可他并不想帮他，他琢磨着刘二没吃的就只能出去逃荒要饭了，这样隔壁的院子也就归自己了。

又过了几天，刘大发现刘二非但没有饿得去逃荒要饭，原本面黄肌瘦的他脸上竟还泛起了红光。刘大好生奇怪，一天他趴在院墙上，偷偷地看着刘二的院子，想知道刘二到底是靠什么活下来的。

只见刘二把一个小篮子挂在茅草房的房檐下，

然后坐在院子里，嘴里不停地叨咕着：东边来只燕儿，西边来只燕儿，谁在我小篮儿里下个蛋儿……只见燕子们一只只飞进篮子，不一会儿就下了满满一篮子鸟蛋。

刘大看呆了，转念一想，要是我也在房檐上挂个篮子，那燕子们不也会在里面下蛋吗？

于是，这刘大就弄了个大大的篮子挂在自家砖瓦房的房檐下，然后坐在门前，也像刘二一样口中念念有词：东边来只燕儿，西边来只燕儿，谁在我小篮儿里下个蛋儿……

不一会儿，只见一只只燕子飞进篮子里，刘大高兴坏了，心想要是每天都能有一篮子鸟蛋，自己吃不了可以去卖钱，用不了多久就可以发财了。

又等了一会儿，刘大见没有燕子飞进篮子了，就欢天喜地地把房檐下的篮子取下来，可他低头一

看，篮子里一个鸟蛋也没有，而是满满的一篮子鸟
粪！原来燕子们飞进篮子没有下蛋，都只是拉了一
泡屎……

故事二　傻子

　　沈家庄的沈财主有个儿子，大家都叫他傻子。
其实这傻子并非真正的痴呆，只不过是脑子里比正
常人少一根弦儿，有些缺心眼儿罢了。

　　一转眼傻子也到了娶妻成家的年纪。因为傻子
在小时候与邻庄王财主家的闺女定下了娃娃亲，所
以尽管王家有一百个不乐意，但碍于面子也不能悔
婚，最终还是让闺女嫁给了傻子。

　　嫁鸡随鸡，嫁狗随狗，这王家闺女也就只好认
命了。好在这傻子一切都听媳妇儿的，所以这日子

倒也过得相安无事。

这天，王家闺女梳洗打扮好了，套好了马车准备回娘家。临出门儿对傻子说："明天是我爹的六十大寿，我今天先过去帮着归置归置，忙活忙活。你明天一早起来再过去，去之前你也捯饬捯饬，把你自个儿打扮得光溜点儿。别给我丢脸，听到没？"

傻子傻呵呵地说："听到了，打扮得光溜儿的再过去。"

第二天天一亮，傻子就开始捯饬自己。可是衣服换了一件又一件，他总觉得不满意。傻子一直在想，我怎么才能打扮得像媳妇要求的光溜儿的呢？又换了一身儿还是不满意，傻子气得把身上的衣服全扒了下来，一丝不挂！傻子愣愣地看着光着屁股的自己，忽然傻笑了起来，哈哈，这不就是媳妇儿说的光溜儿的吗？

傻子就这样光赤溜儿地去了老丈人家。

傻子还没到老丈人家，早就有人给王家报了信儿，说傻姑爷一丝不挂地给老丈人拜寿来了。王家闺女羞愤难当，只知道不停地哭。这王财主赶紧安排了人把傻子从后门给弄到了后院里。

后院里有一口枯井，井不算深，也干涸了很多年。王家的几个下人用井口的辘轳把傻子续到了井里，准备等到寿宴结束再把他弄上来。下人们安置好了傻子就赶紧去前院忙活了，把傻子一个人留在了后院的枯井里。

前院的寿宴早就开席了。宾客们觥筹交错，吆五喝六，好不热闹。吃到一半的时候，王财主忽然想起女婿还在后院的井里，赶紧安排管家给傻子送去了两碗长寿面。管家把两碗面条续到井里，告诉傻子赶紧趁热把面吃了，然后就到前院招呼客人去了。

几个熊孩子早早地吃完了饭，就跑到后院来玩儿，无意间发现了光着屁股在井里吃着面条的傻子。一个熊孩子问："傻子，你还要点儿'酱'吗？"傻子说"要"。这熊孩子就对着井口拉了泡屎。另一个熊孩子问："傻子，还要'醋'吗？"傻子说"要"。这熊孩子就对着井口撒了泡尿。干完了坏事儿，几个熊孩子问傻子："还要不要了？"

傻子看着碗里混着屎尿的面条，默默地流下了眼泪。熊孩子们嬉笑着一哄而散，跑到院外玩闹去了。

这时，一只乌鸦飞到了井口，站在井边看着井底的傻子。

傻子抬起头对着乌鸦说："你饿了吗？"

乌鸦点点头。

傻子看着碗里混着屎尿的面条对乌鸦说："这个你能吃吗？"

乌鸦摇了摇头，随即拍拍翅膀，一根黑色的羽毛缓缓地落在傻子手里，而此时井口的乌鸦瞬间变成了一个仙风道骨、白发飘飘的老爷爷。

老爷爷对傻子说："孩子，我送给你的这根羽毛你一定要好好保管，无论你有什么心愿，只要你闭上眼睛对着它吹一口气，然后说出来，你的心愿就可以达成。比如你想要一身新衣服，或者你想变成一个聪明的人，只要你想，都可以实现。"

傻子愣愣地看着井口的老爷爷，又低头看了看手里的羽毛，似懂非懂地点了点头。

老爷爷又叮嘱说："孩子，你一定要想好了再许愿，是帮助自己还是帮助别人，你要做出选择，因为你只有一次机会。"

傻子愣愣地看着老爷爷，又似懂非懂地点了点头。而井口的老爷爷也瞬间又变成了乌鸦，拍拍翅膀飞走了。

傻子呆呆地望着井口，若有所思……

这时，在院外玩闹的那几个熊孩子又回到了井边，争抢着玩起了井口的辘轳。在相互争抢推搡的过程中，一个孩子脚下一滑，从井口摔落下来。就在这一瞬间，抬着头呆呆看着井口的傻子本能地伸出双手，想要接住掉落的孩子，可却被重重地砸倒在井底……

井口的几个孩子赶紧跑到前院招呼来了大人们，大家手忙脚乱地把傻子和那个孩子从井底弄了上来，这时候，两个人都已经奄奄一息了。

有人拿来一条棉被，把依然赤条条的傻子裹了起来。傻子的嘴角流着血，但手里还紧紧地握着那根乌鸦的羽毛。

看着奄奄一息的傻子，傻子媳妇儿在旁边不停地抽泣，王财主也是手足无措。

过了一会儿，傻子慢慢睁开了眼睛。转头看见那个摔到井里的孩子躺在边上，七窍流血，一动不动，看样子已经不行了。孩子的家人围着孩子哭喊着。

傻子缓缓地举起手中的乌鸦羽毛，凑到嘴边，费力地吹了一口气，然后闭上眼睛，嘴唇微动，似是念念有词。

王财主把耳朵凑到傻子嘴边，想听听傻子在说什么，可什么也没听清。

这时候，本来躺在边上垂死的孩子忽然从地上蹦了起来，完好如初。围拢在边上的人们惊异地发出欢呼，而傻子的眼睛却再也没有睁开，他的手里还一直紧紧地攥着那根乌鸦的羽毛。

善良的傻子死了，最终他把生的希望留给了那个曾经欺侮过他的孩子……

小时候，奶奶给我讲的故事其实还有很多，但随着岁月的流逝，很多我已经记不起来了。那些故事或许也算不上精彩，但每一个故事却都蕴含着朴素的人生哲理。善恶美丑，福祸因果。人的本性或许都是善良的，就如同《三字经》里说的："人之初，性本善。"这世间大多数的人其实也都是心存善念的，因为人们总是相信善有善报，恶有恶报。

"东边来只燕儿，西边来只燕儿，谁在我小篮儿里下个蛋儿……"这是儿子小时候我教给他的第一首儿歌。我也把这个故事和所有我能回忆起来的奶奶讲给我的故事，都讲给了我的儿子，我希望故事中那些简单而朴素的道理也能够为他的人生启蒙。而我用文字记录下这些故事，也只是希望那些奶奶讲给我的、一代一代流传的故事，能够继续流传下去，少一些缺失，少一些遗忘……

怎么都这么烦？

烦恼其实是生活中的一味作料。如果没有了它，生活也便缺少了一种味道。

"嘀……嘀……"凄厉而警觉的声音断断续续地响着，时不时地还伴随着几声低低的叹息。这声音来自刘总的办公室。胖胖的刘总，又在鼓捣他的那台血压仪。似乎是有些不相信仪器显示的读数，已经连测好几遍了。

不知是哪根神经出了问题，抑或是实在无法容忍自己日见丰隆的腰身，刘总当众宣布要进行锻炼，决心通过锻炼，摆脱肥胖的烦恼。他选择的锻炼方式是爬楼梯，声称每天要从1层爬到19层的办公室。今天是头一天，刘总只爬到9层就再也挪不动了，只好让电梯把他运了上来。一进门，他就直奔血压仪，甫问，那血压，低不了！

初春正午的阳光通过对面楼房的玻璃，洒在了办公室里，带给人一种慵懒的感觉。

阿丰蜷缩在沙发里，半梦半醒。过年的几天假里，家在东北的他，没有回家去看看父母，却跑到了海南去看望昔日的恋人。着实风流了几天，回来时却买不到返程的票。只好夹杂在北上的人流中，先辗转从海南到广州。在途中的大巴车上，又让黑心的车主卖了猪崽，随身的行李被拉走了，人却被扔在了一个前不着村后不着店的地方，差点就成了孤魂野鬼。最终人是回来了，可心却被那昔日的恋人留下了，每天两眼直勾勾地发呆，咳，郁闷呢！

虚掩着房门的另一间办公室里，阿山正在煲着电话粥。一定又是在给他的网友做着思想工作。阿山五一就要结婚，大概是他把这消息告诉了他最亲近的一个网友，不曾想那女孩却哭着闹着，不依不饶，非说要替代正版的新娘。一天到晚，没完没了地往阿山的手机上发短信，内容只有两个字：恨你！

阿山这些天的心情，咳！只有他自己知道。

我，坐在电脑前，玩味着属于自己的文字。

　　××书院的网址已经有很多天无法进入了，一定是出了什么事。今天倒是进去了，但我以前的文章却全都没有了。留言板上是很多作者留下的声讨：我的文章怎么不见了？那可是我的心血啊！而版主阿呆也在痛心疾首、捶胸顿足地表白着：一定要记住这血的教训！我在想，众多作品丢失，作者痛心自是必然，但阿呆的痛苦却也是可想而知的。

　　唉，看来这阿呆也是够烦的！

　　"嘀……嘀……"的仪器声不再响了。刘总似乎已经无奈地接受了血压升高的现实。办公室里又安静了下来。阿丰甚至发出了轻轻的鼾声。

　　"咣当"，门被撞开了。阿丽提着包，满脸沮丧地闯了进来。众皆愕然。一打听，原来是阿丽趁设计巧妙、制作精细的「瞎掰」。

把过年的欢乐和喜庆，
传遍乡间的每一个角落……

「东边来只燕儿，西边来只燕儿，谁在我小篮儿里下个蛋儿……」

最近比较烦，比较烦，比较烦，
总觉得日子过得有一些极端……

着午休，跑到街口的麦当劳店里去买什么"流氓兔"，结果却是空手而归，自然是一脸的沮丧。"不知道这世界是怎么了，真是怪事，莫非就真有那么多人，心甘情愿地受那兔子的非礼？"

阿丽的一番长吁短叹之后，一切又都归于平静。

"快来看！"阿丽的一声尖叫，再一次打破了这份平静。众人围到窗前，只见从对面楼房的阳台上，哗啦啦垂下一张条幅，白布上的红字，血乎拉拉的。仔细看，条幅上写着：抗议开发商欺骗业主，呼吁有关部门主持正义，解除我们的烦恼！

哎！这世界到底是怎么了，怎么大家都这么烦？

生活札记（二则）

如此复仇

友留学东瀛数载，前日归。

余窃以为其必怀揣万金，盆盈钵满。遂问之曰："家财万贯否？"

友答曰："实不相瞒，两手空空也。"

余甚觉诧异。问曰："汝满腹经纶，精明强干。况留洋期间，工作稳定，收入不菲，缘何却囊中羞涩？"

友答曰："吾之钱财，尽散于花街柳巷矣。且受吾钱财者，皆为纯种之东瀛女子也。"

余不解。既好此道，何必在乎纯种杂种？

友正色曰："汝不闻倭寇侵略吾国之时，烧杀劫掠，无恶不作。吾所为，实为复仇尔。"

余闻之，目瞪口呆。

我吃鸡粪

弟之子，年三岁，聪明伶俐，甚是可爱，然酷爱学舌。

吾儿八岁，与三岁小儿相处甚妙，却亦常为琐事争之。

一日，全家聚餐。小子与吾儿争食盘中烧鸡。

吾儿曰："我吃鸡翅。"

小子曰："我吃鸡翅。"

吾儿曰："我吃鸡心。"

小子曰："我吃鸡心。"

吾儿忽曰："我吃鸡肾。"

盖小子毕竟年幼，对争食之部位不甚明了，似懂非懂；抑或因未曾听清，却急于争之，即匆忙学舌曰："我吃鸡粪。"

众闻之，皆喷饭大笑矣。

远行的朋友

晓征，我的朋友。二十多年前在一次登山活动中，因意外不幸遇难。那一年，他还不满二十三岁。为了一次他所期盼的壮美的远行，他将自己永远地留在了青藏高原的雪山上。不是为了追求金钱和荣誉，只源于对自然深深的爱恋。他所展示给人们的是生命的纯净和理想的伟大。虽然他的生命是如此的短暂，但我却时时觉得在他短暂的生命旅途中，有着远比我们这些活着的人多得多的快乐与洒脱。

我与晓征的初识是在二十多年前的一个夏季。

高大的身材，强健的体魄，黑里透红的肤色，浓密的络腮胡须，一口略显生硬的普通话。虽是初次见面，但我却分明感觉到了一种清新、一种纯朴和一种力量。他身上所散发出的那种勃勃的朝气和如高原般的豁达开朗，深深感染了我。后来，我们成了朋友，也便有了很多次的长谈，使得我能够更多地了解他。

他生在北京，很小的时候就随父母支边去了青海。在那里他上完了小学、中学，十七岁毕业后就入伍成为一名航空兵。我曾问过他，是不是会开飞机，他说不会，他当的只是领航员一类的角色。两年后，他复员了，又去复习参加高考并如愿考回了北京。而此时他的父母也调回了京城，他就又成了一个北京人，但他说话时所带有的高原特有的口音却一直没能改过来。

他告诉我，他现在一边读书，一边和别人合作办了一家小公司，专门经营旅游用品并定期组织一些诸如爬山、攀岩、定向越野一类的野外活动，使那些久居都市的人们能够多一些与自然融合的机会。他说办公司一是为了实践，因为他学的是贸易；二是为了积攒些钱。他虽然家境很好，但不愿依赖父母。毕业后他想继续深造，要去读研究生，要去出国留学，学成后再回来组建真正属于自己的公司，去青海投资，去开发青海，去实现他的梦想……

他和我说，他们家到他这一辈上是一代不如一代了。我问为什么。他说爷爷在新中国成立前是国民党军队里的一个将军，毕业于保定军校，一所仅次于黄埔军校的著名军事院校，如今已九十高龄，依然健在。父亲曾是人民解放军的一名上校，曾任某军分区炮兵部队的副司令员，两年前刚刚转业到地方工作。而晓征从军时的最高军衔只是一个下士。

他还告诉我，他们家好几代了，都是一脉单传，千顷地一棵苗，到他这里依然如此……

在晓征离开后，我曾很多次鼓足勇气想去看望他的父母——我与他们也是相识的。但直到现在我依然没能成行，因为我实在不知道见面后该说些什么。失去晓征，对他的父母和年迈的爷爷来说，该是怎样的一种切肤之痛！

晓征能讲一口流利的藏语，可以毫无困难地与藏民进行交流。在与他相处时，你会分明感觉到他对雪域高原的深深眷恋。他无时无刻不在思念着那里的山、那里的水和那里的人民。他说青海是个神秘而美丽的地方，你只有身处其中，才会懂得什么叫博大，什么叫苍凉。他说青海地大物博，但能源相对紧张，将来他要研制一套简单实用靠风力发电的设备，让每一户牧民都能拥有。而令我惊奇的是，他这个文科的学生竟能将设备的原理讲得头头是道……

1994 年的夏天，晓征完成了他的大学学业。一天他在电话里告诉我，他要去青海了。话语中是抑制不住的兴奋，他说他组织了一个业余登山队，成员是周边几所大学的学生，准备利用暑假进行一次登山活动。他们准备攀登的那座山叫阿尼玛卿峰，在青海省东南部果洛藏族自治州境内，海拔 6200

多米，不是很高，也不是很险，是专业登山队员训练时常爬的一座山。他说跟我一起去青海吧，那可是个美丽的地方。我说我实在没有时间，脱不开身，等着下一次吧。

最后一次见到他，是在他出发去青海的前一天，一个加油站旁。我加完油开车出来，正好看见他开着我为他联系租到的一辆老式吉普车迎面驶来。他穿着一件黑色的无袖背心，一条军用迷彩裤，脚上是一双有些不合时宜的长筒战靴，就像一个即将出征的战士。脸上浓密的胡须显然有些天没有刮过了。我问他为什么不去刮刮胡子，他说雪山上冷，留着胡子也许还会暖和些。我们只简单地交谈了几句，我要他注意安全，他说放心吧。临上车时，他对我说："等我回来时，会送一张站在阿尼玛卿峰顶的照片给你……"

　　我万万没有想到，这次短暂的会面竟成永诀。我没能看到晓征站在雪山峰顶的照片，而他却因为意外，永远离开了我们。

　　后来我才了解到，晓征和他的两名队友确实已经登上了阿尼玛卿峰的峰顶。但在下撤时，由于天气突变，暴风雪袭来，他们不幸发生了滑坠。一名队友失踪，晓征摔成重伤后因无法得到救援而遇难，另一名队员在山上被困数日后，侥幸获救生还。

　　事故发生后，由于天气情况恶劣，人们无法及时展开救援行动。再后来，据说在晓征遇难地点的边上出现了一条很宽的冰裂缝，这使得以后的登山者再也无法到达晓征的身边，这也意味着他将永远一个人躺在那冰冷孤寂的雪山上……

　　至今我手里依然保存着晓征送给我的一本名叫

《山野》的杂志。那上面刊登着一段他为他自己的小公司编写的广告词：我们很自信。我们时刻关注着人与人、人与生活、人与自然之间的交流与了解，并注意到资讯时代所缺乏的东西：身临其境的体验……

也许正是为了他所追求的人与自然相融合的崇高境界，他远离了喧嚣的都市，用他充满激情的青春年华做了一次壮美而悲凉的体验，并把自己的生命和灵魂永远留在了雪域高原，留在了那片他所深爱的土地上……

屠夫索爷

索爷姓索，索命的索。这不常见的姓氏，倒也合了屠夫的职业。

三十年前，索爷是小镇上唯一的屠夫，掌管着镇上唯一的肉店。杀猪、卖肉的活计，统统由索爷一人完成。虽然这肉店只有索爷一个人，但却是正经的国营企业。索爷也因为是为公家做事，所以很受镇上人的尊敬。在那个生活物品匮乏的年代，索爷能终日和猪肉这稀罕东西打交道，自然也非常令人羡慕。

那年月，城里人吃的油和肉都要凭票供应，而乡下人的油水就更是少得可怜了。只能等到过年的时候，割上几斤四五指膘儿的肥猪肉，再把那肥肉炼成油，在平时的饭菜里放上那么一丁点儿，就算是增加些油水了。镇上的人们尊敬索爷，除了因为索爷的人品，大抵也是为了买肉时，索爷的一刀下去，能多带上些肥膘儿。

索爷是这小镇上的名人，没有人记得他的名字，大家都尊称他为索爷。

索爷说，做屠夫是家传的手艺，到他这里已是第五代了。

索爷为人豪爽，虽是屠夫，却不好酒。索爷说，以前本也是喝的，但因为有一次喝多了酒，打开了猪栏的门，在猪圈里睡了一夜。等第二天早上醒来，圈里的两头猪却不见了踪影。索爷为此挨了批，受了罚。索爷认为都是喝酒惹的祸，从此便再也滴酒不沾了。

那时的索爷已经四十几岁了，但却一直没有成家讨老婆。镇上人说，索爷年轻时，有一次，杀一头性情暴烈的公猪，不慎被那拼命挣扎的猪踢到了男人要命的地方，自此也就断了讨老婆的念头。而这，也只是镇上人的传言，不知真假。

索爷没有成家，但却极爱孩子。索爷不识几个字，但他的肉店里却总是预备着些读书用的笔和本儿。要是哪个孩子的笔或本用完了，而家里又一时没钱去买，只要到肉店里叫上一声"索爷"，笔和本儿就全有了。而索爷每次也都会用他那粗糙的大手，抚一抚孩子们的头，说上一句："孩儿啊，可得好好念书啊。"

当我还是个孩童的时候，也总喜欢到索爷的肉店里玩耍，看索爷杀猪。偶尔，赶上索爷心情好时，会随手扔条猪尾巴给我们这些玩耍的孩子。抢到了猪尾巴的孩子，就会欢天喜地地把它带回家去，美美地熬上一锅汤，那已算是难得的改善了。

看索爷杀猪，其实也是一件极有意思的事。

索爷身强力壮，手脚麻利。杀猪的过程干净利落，绝不拖泥带水。面对着哀嚎的猪，索爷似乎没有丝毫的怜悯。一刀下去，一准儿会扎进猪的心脏，鲜血也会随之喷涌而出。那猪也就慢慢地不再嚎叫了。

放完了血，索爷要在猪蹄上割一个小口儿，然后用嘴对着那小口儿，用尽全身的力气，将那死去小儿争鸡不识鸡。

他用充满激情的青春，做了一次壮美而悲凉的体验。

赶上心情好时，索爷会扔条猪尾巴给我们这些玩耍的孩子。

梦想就是永不停息的疯狂。

的猪吹得膨胀起来。猪就像极了一个变了形的大气球。这时的索爷会扎住吹气的小口儿，再把那鼓膨膨的猪放入一口大大的、盛满开水的锅中，再用一块粗糙的石头，把猪身上的毛褪得个一干二净……

记得有一句俗语：死猪不怕开水烫。想必就是这样得来的吧。

转眼几十年过去了，我也早已离开了那座儿时生活的小镇，而童年的往事却总是历历在目。间或，脑海中也会不时浮现出索爷那淳朴而憨厚的笑容。

一个初夏的夜晚，我忽然接到了一个陌生的电话。对方说自己是镇上小学现在的校长。校长说，再过几天，是学校建校五十周年的日子，同时也是学校新建的教学楼启用的日子，希望到时候我能回去看看。我告诉校长，只要时间允许，我一定会去的。

电话里，又和校长闲聊了几句。我随口问到，索爷还好吗？电话那端是几秒钟的沉默。校长说，去年冬天，索爷就已经故去了。建新学校的钱有一半多都是索爷捐的，那是无儿无女的索爷一生的积蓄……

放下电话，我的眼睛有些湿湿的。我不知道，这份伤感是为了什么。或许是为了淳朴而善良的索爷，或许，也是为了那段儿时的遥远而温暖的回忆吧。

发小儿

　　伟明是我的同学，也是我的发小儿。

　　在北京话里，发小儿一般是指在一个大院儿、一条胡同或是一个村儿里，打小儿一起撒尿和泥玩儿大的朋友。尽管在成为同班同学之前，我和他并不相熟，但毕竟我和他从小生活的两个村子相隔不足五里，所以也可以马马虎虎算是发小儿了。

二十世纪八十年代初，我和他同一年考上了县里的一所重点中学，成为同班同学。那时候，我们都还是十几岁的少年。

三年的高中时光，我们住宿在同一间宿舍，上课在同一间教室，吃饭在同一个食堂。总之那三年间，我们在一起的时间比和爹妈在一起的时间都长。

或许是因为学业紧张的缘故，那几年虽然我们终日混在一起，但似乎并没有时间认真地审视彼此。身材魁梧的伟明给我的印象也仅仅是朴素随和，宽厚正直。

高中毕业后，我到外地的一所大学去上学，伟明则考上了本地的一所老牌的建筑学院。在我临近大学毕业那年，听别的同学说，伟明退学了。退学的原因也让我们一众同学大跌眼镜：他要考电影学院。

在那个高考如同走独木桥的年代，能够考上一所大学本就十分不易，尤其是对于一个出身农村的孩子来说，选择退学就意味着放弃了所有的一切，做这样的选择确实需要极大的勇气和决心。

老实说，对于他的决定，我也不是很理解。彼此相处的那些年，我并没有感受到他身上散发出的艺术气息，似乎也没看出他有未来成为明星的潜质，唯一感觉和电影沾边的是他有时会买回一本《大众电影》期刊，大家在宿舍里传阅。所以当得知他退学准备考电影学院的消息后，我也曾无奈地认为，这厮，一定是吃了秤砣——铁了心了。

大约在我工作两年后，伟明被电影学院表演系录取了。那年月，虽说考电影学院还不像现在这样千里挑一，但能考上表演系的人，必定也是凤毛麟角。

在他读电影学院的那几年里，每次我们见面，他活脱脱就是个文艺愤青，高谈阔论，充满激情。大抵是因为有机会看了太多的内部片的缘故，他总是会和我聊起国外那些优秀的电影，聊那些如"马龙白兰地"之类的名演员，聊那些如"西区抠抠儿"之类的大导演。每次聊起来，他总是滔滔不绝，眉飞色舞。我能深切地感受到他那份发自内心的澎湃的激情。

有次闲聊的时候，我曾经问过他，当初为什么会做出那样的选择。他说其实也没有什么特别的理由，只是进入大学后对自己所学的专业没有兴趣，于是慢慢开始逃课。为了打发无聊的时光，经常会跑到学校旁边的电影院去看电影。看着看着，某一天忽然有了当一名演员的想法，于是就有了退学然后考电影学院的做法。其实这无关热爱，无关志向，只是因为自己年轻，想去尝试做自己想做的事。

他的回答听起来似乎有些轻描淡写，但我知道为了这个尝试和选择，他所付出的代价和艰辛却是旁人所不能体会的。

后来的很多年里，我们见面深谈的机会并不多，基本上是每年过年的时候去彼此的家里看看老人，顺便聊上一会儿。我只知道，伟明毕业后自导自演了两部电视剧。据说也是挣了些银两，买了房子。听去过他那儿的同学说，房间的装修只用两种颜色，红配绿；宽敞的客厅里没什么物件儿，倒是建了一个大鱼池。养没养鱼不知道，我没去看过，听说而已。

老实说他拍的电视剧我没怎么看过，印象深刻的倒是他很多年前拍的一个广告，因为有一阵子电视里天天都会播放。广告好像是为一个家具城拍的，身材魁梧的他坐在一辆那个年代满大街都能见到的黄色面的的驾驶室里，显得有些拥挤，也显得有些滑稽。他满脸堆笑地招呼着客人去某某家具城，那感觉就像是在拉客。我笃定那时候的他还没学会开车，因为他把弄方向盘的姿势都不怎么地道。

有一阵子，或许是事业不顺，伟明觉得自己似乎有抑郁的倾向，就去看了心理医生。一顿神聊，反倒把医生聊得五迷三道，神魂颠倒。最后医生无奈地说："您没病，要是哪天我这个当大夫的抑郁了，一定找您聊聊。"我估摸着，他和心理医生神聊的场景八成就和冯小刚的电影里，葛优向神父忏悔的桥段差不多。

其实我一直坚信，说话时声如洪钟一般中气十足的他根本没病，所谓感觉抑郁，也不过是生活中常见的一种自我矫情罢了。

　　许多年过去，韶华已逝，我们都已不再年轻。现在的伟明已是一家影视公司的老总，成了一个不知道是不是著名的制片人。如今的他依然热情澎湃，依然憧憬未来，依然干劲十足，依然有着许许多多在我看来有些不着边际的梦想。或许，这就是属于他的生活，属于他的人生。

　　有人说，梦想就是永不停息的疯狂。其实每个人都会有许多看似不切实际的梦想，但真正敢于去追寻的人并不多。人生就应这样，为了梦想敢于尝试，敢于追逐，一往无前，永不停息。即令失败，也终究会成为一生中难忘的精彩。

二十岁的怀念

　　二十岁的生日，是在大学的校园里度过的，也是我平生第一个有蜡烛和"蛋糕"的生日。

　　那年月，因为宿舍会经常停电，所以蜡烛自然是有的。所谓"蛋糕"，其实不过是让食堂的师傅帮忙蒸了一个圆形的发糕而已。但这些于我，已是足够奢侈。

那一晚，我和室友们尽情地挥洒着我们无须掩饰的激情，每个人的脸上都洋溢着勃勃的朝气，充满着对未来的无限憧憬……

时光如水一般流逝，不经意间，皱纹已爬上了我的眼角。鬓边日渐增多的白发也在岁月的流逝中，渐渐地送走了我的青春。

但至今我还记得二十岁生日时，室友们为我点燃的蜡烛，食堂师傅制作的权当"蛋糕"的发糕和那一刻所有温暖的祝福。也还记得自己闭上眼睛所许下的愿望和那一刻内心所有的欢乐与惆怅。

在每一个多雨的季节，在每一个孤独的夜晚，我总会想起二十岁生日时的场景，也总会想起二十岁时所拥有的温暖的情感和含泪的别离。

青涩的爱情曾让我如醉如痴，痛苦的别离又让我痛彻心扉。

二十岁时的我似乎无所顾忌，总以为自己可以拥有世界上所有的美好。也从未想过，未来的路或许会是荆棘遍地。

而立已远，不惑已逝，倏忽之间已知天命。在无数次的跌倒与爬起中，我真正领教了生活的威严，也明白了许多二十岁时无法明白的道理。

出生时，没有人教过你哭泣，但哭声却伴着你呱呱坠地。

牵手时，没有人会想到别离，但转瞬间却是永远的失去。

流年似水，二十岁再不会有。

日月如梭，二十岁也早已是一页翻过的书。

　　尽管生活给了我太多的磨难，但我依然感谢生活，感谢我生命中曾经拥有的属于我的二十岁。

　　二十岁，是一抹靓丽的晨曦和一番独有的风景。

　　二十岁，是一段多彩的时光和一个青春的故事。

　　二十岁，曾经有过我生命中最值得留恋的美好。

　　永远怀念，我的二十岁！

疤　痕

同事陈阳的额头上靠近右边眉梢的地方，有一块明显的疤痕。我曾经问过他这疤痕是怎么留下的，他说是小时候淘气，不小心磕的。

下班了，办公室里空荡荡的，公司里的人差不多都已经离开了。陈阳一个人坐在座位上发着呆，右手一直在轻轻地抚摸着额头上的疤痕，两眼迷茫地望着窗外，若有所思。

"老陈，是有什么不开心的事吗？"我走过去拍了拍他的肩膀，问道。

陈阳的目光依然没有离开窗外，低沉着声音缓缓地答道："我父亲走了。"

"走了？去哪儿了？"我竟一时没有反应过来。

陈阳收回了望向窗外的目光，看了我一眼，说道："去世了。前天办的告别仪式，已经入土为安了。"

我忽然想起，这几天似乎一直没有见到他，但陈阳父亲去世的事也并未听同事们谈起过。陈阳的回答让我一时语塞，竟不知该说些什么，只能伸手拍了拍他的肩膀，"节哀吧，老陈。"

陈阳没有说话，空气中似乎弥漫着一股凝重的气息。

　　这种时候，我实在是不想打扰他，连忙告别。

　　此时的陈阳移开抚摸着额头疤痕的手，双手重重地搓了搓脸，开口道："陪我聊会儿吧，心里有点憋得慌。"

　　陈阳此刻的心情我似乎能够理解，再多的安慰话都会显得苍白无力，陪伴或许是最好的安慰方式。我便顺手拉过一把椅子，坐在了他的对面。

　　陈阳先是长长地叹了口气，然后微微仰起头说道："不瞒你说，其实我和我父亲的关系并不好。从那件事情以后，我和他一直是形同路人。"

　　当陈阳说到"那件事情"几个字的时候，右手又不自觉地抚摸起额头的疤痕。陈阳的话让我多少有些意外，但我并没有急着追问，而是静静地等待着他的讲述。

宽容，是打开人们彼此心结最好的钥匙。

那是我的童年，那是我的成长，那是属于我的快乐时光。

我，渴望着，

一次酩酊大醉的体验。

怀念，将会伴随着每一个日出日落，无尽无休。

　　"我父亲当年是建筑公司的泥瓦工，母亲没有正式工作，我还有一个姐姐和一个弟弟。那时候只能靠父亲一个人微薄的收入支撑着这个家，而且还要供我们姐弟几个上学念书。也许是生活的重压让父亲总是沉默寡言，不知从什么时候起，父亲喜欢上了酒。虽算不上嗜酒如命，但他最喜欢的就是坐在堂屋里那张破旧的木桌前喝上几杯，而每每酒后都会因为酒精的作用，与母亲为一些鸡毛蒜皮的小事发生争执。父亲的吼叫声让人感觉随时都能把房顶掀翻，而母亲更多的时候只能默默地流泪隐忍……"

　　办公室外的天色渐渐暗了，几道闪电和沉闷的雷声过后，雨飘洒了下来。雨滴打在玻璃窗户上，缓缓地向下流淌，而陈阳也在继续着他的讲述。

"记得是我参加高考的那一年，一个闷热的夜晚，我坐在那张破旧的木桌前，做着高考冲刺练习，父亲坐在桌子的另一边喝着酒。大概又是酒精上头的缘故，父亲又和母亲不知道因为什么发生了争执。父亲的咆哮让我实在无法集中精力，忍无可忍的我大声对父亲喊道：'烦死了，爸，你能不能别吵了？！'

"我的突然爆发让父亲愣了几秒钟，但随后，酒后的父亲更猛烈地怒吼：'小兔崽子，你他妈也敢管我？！'

"父亲吼叫着，随手抓起桌上一个装着水的搪瓷缸子，用力砸向我。我来不及躲闪，缸子砸在了我的头上。缸子里的水飞溅到我的脸上、身上和练习卷子上，搪瓷缸子破旧的边缘划开了我的额头，血和脸上的水混在了一起，顺着脸颊缓缓地流了下来……"

　　陈阳讲述时显得出奇的平静，只是他的手一直
在抚摸着额头上的疤痕。

　　"母亲撕心裂肺的尖叫声至今都回响在我的脑
海里，医生给我的伤口缝了八针，也便留下了这个
抹不掉的疤痕。以后的很多年里，很多人都问过我
这疤痕的来历，我总是会说是小时候不小心磕的。
因为我实在不愿意回想起父亲留给我的那段刻骨铭
心的记忆。后来我考上了大学，大学期间我几乎没
有回过家。毕业后我没有选择回去，而是留在了这
个城市。再后来结婚成家，我回去的次数屈指可数，
虽然每次回去都会感受到父亲的日渐苍老，但我依
然无法解开自己的心结。尽管我和父亲，包括家人

都从未再提起当年的那件事，但那件事却始终如鸿沟般横亘在父亲和我之间。前些年母亲去世后，我就再也没有回去过。

"前几天，姐姐打来电话，告诉我父亲病危，时间可能不多了。父亲说希望能见我一面。尽管我们父子间的感情疏远了很久，但毕竟是血脉亲情，我没有犹豫，以最快的速度赶了回去，可惜，还是没能见上父亲最后一面……

"火化前的告别仪式上，我见到了躺在花丛中的父亲。父亲很安详，只是我突然发现在父亲的额头上多了一块明显的疤痕，和我额头上的疤痕几乎是在同一个位置。我低声问身边的姐姐，父亲的额头上怎么会多了一块疤痕？姐姐看了我一眼，没有说话。

"仪式结束后，回到父亲生前居住的地方。姐姐递给了我一个紫红色的丝绒布包裹，姐姐说，这是父亲临终前托她转交给我的。我问这是什么，姐姐依然没有回答。

"我解开丝绒布的包裹，里面是一个老旧的小木箱，小木箱是用一把小锁锁住的。木箱上面有一个牛皮纸的信封。我打开信封，里面是一张纸条儿和一把钥匙。纸条儿上是父亲用他泥瓦匠的手写下的歪歪扭扭的几行字：阳儿，我走了。如果你愿意，就打开这个木箱吧，我能留给你的都在箱子里。

"我想不出父亲会在木箱中单独给我留下了什么，父亲一生的积蓄不多，家中也没有什么值钱的东西。我没有犹豫，便用钥匙打开了木箱上的小锁……"

说到这里，陈阳停止了讲述，伸手拉开办公桌下面柜子的门，取出一个紫红色的丝绒布包裹放到桌上。他轻轻地打开外面的绒布包裹，再打开里面一个不大的老旧木箱，然后拿起箱子递给我。

我伸手接过木箱，箱子里面放着的是一个白色的破旧的搪瓷缸子。

陈阳从箱子中拿出那个破旧的搪瓷缸子，用手小心地擦拭着，说道："这个就是当年砸破我额头的那个搪瓷缸子！"

"那天当我打开箱子看到这个搪瓷缸子时，脑海中一片空白，几十年过去了，父亲也搬了三次家，但没想到他竟然一直保存着当年的那个搪瓷缸子！一瞬间，内心的愧疚与自责和失去父亲的悲伤，让我泪流满面。而姐姐的话更是让我泣不成声。

"姐姐流着泪说，你不是问爸爸额头上的疤痕是怎么来的吗，那是爸爸自己用这把搪瓷缸子磕的，也同样去医院缝了八针！爸爸已经把所有欠你的都还给了你！爸爸一直不让我告诉你，他只是想用这样的方式来弥补他当年的过失，能让你回到这个家里来……"

窗外的雨依然在下着，陈阳的头微仰着，双手覆盖在脸上。我能清晰地看到，泪水从他的指缝间缓缓地流下。

陈阳父子间的故事也深深地震撼和感染了我，这该是怎样的一个父亲，又是怎样的一份沉重的父爱啊！那一晚，我和陈阳聊到了很晚……

陈阳说，父亲去世后他忽然明白了，这世上人们所有的心结都像是一把锁，但总有一把钥匙可以打开。而父亲的行为告诉他，宽容是打开人们彼此间心结的最好的一把钥匙。父亲用最淳朴的方式在他生命的最后打开了父子间的心结，只可惜来得有点晚。当初如果他能多一分宽容，或许这心结早已打开，他和父亲之间也不会留下那么多的遗憾……

陈阳还说，过一阵子他还要回去看看父亲。他要在父亲的坟前用那把父亲保留了几十年的搪瓷缸子盛满父亲爱喝的酒，告诉父亲：爱他，永远！

童年的小学校

前一阵子回老宅探望父母的时候，偶然碰到了一个小学时的同学。

多年不见，虽然彼此和儿时相比，都有了太多的变化，但凭着脑海中依稀存在的童年的影子，我们还是很快认出了对方。我们聊到了曾经的同学，聊到了教授我们课程的老师，聊到了当年一起读书的小学校，聊到了童年时的许许多多有趣的往事。

他告诉我，当年的同学大都还生活在村子里，但当年的老师大多已不知调到了哪里，当年读书的学校也早已不在了。

告别了同学，内心忽然有了想去那学校看看的想法。

穿过村里的小街，凭着记忆在一栋栋高大的民房中间穿来拐去，最终来到了伴我走过五年童年时光的小学校的原址。

确如同学所说，当年的小学校已经不复存在了，这块地方矗立的是几栋村民的高大的住宅。

站在小学校原来校门的位置，脑海中仍然清晰地记得几十年前学校的样子。

学校的大门向西，所谓大门，其实只是用石头和土坯垒成的两个墙垛而已。院墙也都是用石头垒起来的，院内有两排用石头和土坯混合盖成的房子，大概被隔成了六七个房间的样子，这些房间就是孩子们的教室和老师们的办公室。南北两排教室中间是一个宽阔的空场，就是学校的操场了。再向东面走，是一个两米左右的高坡，一级级的石头铺就的台阶连接着坡上和坡下。坡上是一所废弃的庙宇，北面是这破庙的大殿，大殿里已经没有了佛像，空旷的大殿也就成了一间教室。大殿的东侧是两间耳房，据说过去是僧人们住宿和用膳的地方，这两间耳房中的一间也被用作了教室，另外的一间是当时住校老师们的厨房。

至今我依然记得，当年自己第一次走进学校时的情景。

背着妈妈用旧衣服改成的书包，书包里装着的是一块石板和几根石笔，而我最初的教室就是大殿旁的耳房。

耳房内的光线昏暗，三面没有窗户，只有靠近西侧房门的位置有两扇糊着纸的窗户。课桌是用土坯搭成的，上面是一块粗糙的木板，大概只有半米高的样子。至于座位也只是在两块土坯上垫了一块木板而已。老师讲课的地方没有讲台，黑板是在耳房北侧的墙上，用混合了墨汁儿的白灰抹出了一块黑色的墙面。

印象中和我同班的孩子大概只有十几个，但在这个小小的耳房里，还是显得有些拥挤。在那个贫穷的年代，学习的条件虽然艰苦，但儿时的我们是快乐的。

至今还记得高坡上的那棵柿子树，每到秋天，树上总会挂满红红的柿子，偶尔掉落的熟透了的柿子也成了孩子们争抢的美食……

就是在这间僧人下榻的耳房改成的教室中，我读完了二年级。三年级时才搬到了高坡下面的一间相对宽敞些的教室里。

以后的很多年里，那间土坯搭成桌椅的昏暗的耳房，长久地留在了我的记忆中。那里是我的启蒙之地，也是未来我走向外面世界的起点。

站在曾经的校门口，儿时的一幕幕场景汇聚到我的脑海中，清晰而温暖。几十年过去了，当年耳房中嬉笑打闹的伙伴们也都应如我一样鬓发花白，而当年的老师们不知道是否依然健在。

据说因为集中办学和并校的缘故，现在村里已经没有了小学校。村里的孩子们要到几公里外的镇上的中心小学去上学。那里有宽敞的教学楼、更好的教学设施以及更强的师资力量。

　　站在几十年前我儿时学习和玩耍的地方，虽然已没有了当年的教室和操场，但我的耳边依然回荡着当年的读书声，我的眼前依然会浮现出一张张稚嫩无邪的面庞。那是我的童年，那是我的成长，那是属于我的快乐时光，那也是我深埋心底的永远的美好。

　　人生或许就是这样，美好没有绝对的标准，快乐也与贫穷或富有无关，只是人们的认知和感受不同罢了。但社会的进步，终会埋没一些曾经的美好，而过去那些快乐的时光，最终也只能留在记忆中了。

———————————— 一生总该醉一回 ————————————

我想把自己作为生日礼物寄给你，哪怕保质期只有一天。

有了你，在孤独和寂寞时，

便会多一缕攀爬的思绪。

何必见千里，自然生远心。

每当自己独坐海边时，总盼望能有一个肩膀可以依靠。

烟雨流年

一生总该醉一四

酒，似乎是与我天生无缘。

混迹于生意场上多年，推杯换盏、吃饭应酬的事自是不少，但却终是不胜酒力。偶遇重要的场合，推脱不过，也多是浅尝辄止，做做样子罢了。倘或真的僵持不下，非饮不可，那，一杯酒下肚，便会面红耳赤，脸上犹如挨了重重的一拳。而身体也会一如墙上的芦苇，头重脚轻。

　　其实，茫茫人海，古往今来，爱酒者众。

　　酒，能麻醉人的神经，也能刺激人的神经。

　　李白爱酒，斗酒之后，便有名诗百篇；

　　关羽爱酒，温酒之间，便可斩华雄于马下。

　　但我知道，自己不是李白，不是关羽。即便是终日泡在酒缸里，也难以浸淫出李白的才气与关羽的武功。所以，今生也就自认与酒无缘了。

　　朋友说，不喝酒好啊。古语云：酒是穿肠毒药，色是刮骨钢刀。酒不是什么好东西，不喝也罢。

　　一直以来，我就在这夸奖与忠告中得意着，信守着。而朋友，却依然终日酣畅淋漓地服着那"穿肠毒药"。或许是这毒性发作的时间太过漫长，总不见怏怏的病容盖过他们那满脸的红光。且不知从何时起，身边又平添一把夺人耳目的"刮骨钢刀"。而我，也并未在这信守与赞扬中，少生一根白发，少起一道皱纹。气煞我也！

其实，面红耳赤，不过是酒精作用后常见的反应。即令是头重脚轻，也还总不至于一个跟头摔死。我是怕醉，怕醉了的我，会丑态百出！

我害怕自己会醉去，害怕我的大脑、我的思维、我的言谈举止会在沉醉中逃脱自己的掌控！

我害怕自己会醉去，害怕我的尊严、我的理智、我的道貌岸然会在那一瞬间土崩瓦解！

许多年来，在无数个杯觥交错、灯红酒绿的夜晚，我就这样眼睁睁地清醒着，拒绝着。而如今，我是真的有些厌倦了。厌倦了自己自恃清高但却难免心为物役的无奈与尴尬；厌倦了自己不思进取却又假装与世无争的毫无生气的苟延残喘；厌倦了生意场上昧心的相互欺诈和追逐金钱的无聊游戏；厌倦了自己外表的平和与内心的冷静……

我，渴望着一次酩酊大醉的体验，渴望着一次深不见底的堕落，渴望着一次抛却涵养的放纵！

一生总该醉一回。五花马、千金裘尚可将来换美酒，而我，即便是醉了，又能失去什么呢？无所谓。

一生总该醉一回。那就醉一回吧，就在今晚。我决定。

想 你

　　思念是一种心情，思念也是一份纯净而无声的感动。

　　想你，这思绪如绵绵的秋雨，挥之不去；这思绪又仿佛融入了那薄雾般的雨滴，细细的，密密的，使我无法逃避。

想你，这思绪又宛若摇曳的烛影，若即若离；这思绪同样也融入了烛光里，暖暖的，浓浓的，带给了我几许朦胧的醉意。

我，总在问着自己，在这茫茫的人海中，我如何就会遇见了你？想来，这应该是一种缘吧！前生，你若不是我结发的妻，便一定是那静静的，听我弄琴的知己。

夜，又将来临，华灯初起。窗外雨声沥沥，烛光里的你，模糊而又清晰。此时的我只想带着这醉意，沉沉地睡去，在梦里，想你……

想你，我，还有我手中的笔。

天凉好个秋

分手时，忍不住地回头。却只见，几片深秋的枯黄的叶，飘落在你的身后。你的背影，一如往日的纤美。但你的双肩，却分明在这风中，轻轻地颤抖。

这背影，我曾久久地凝望；

这背影，也曾融化过我无数温暖的目光。

但那一刻，我却知道，生命中，不会再有，那痴痴凝望中的守候。

你离去的脚步，带走了余热尚存的温柔；你远去的背影，如这秋日的落叶般，将离愁一片一片，撒满我的心头……

再不会有，你浅笑低眉的回眸；

再不会有，你细语轻声的问候……

这一切，也许真的，就如那歌中唱的：

爱到尽头 / 覆水难收……

虽然，你离去的脚步，坚定而从容。但我却知道，此生，你终将会与我一样，在无数个思念的夜晚，泪水长流！

虽然，你离去的背影，已消逝在那飘零的落叶中，但未来的岁月，抹不去曾经的记忆。怀念，将会伴随着每一个日出日落，无尽无休！

　　我不知道，还会有多少个想你的时候。也不知道，明天，谁会牵住你温柔的手。但此刻的我，只想对你说：我的爱人啊，一路好走！

　　你这样一个女人／让我欢喜让我忧／让我真心为了你／付出我所有……

　　今夜，我无法入眠；

　　今夜，我已独自饮下了太多的酒。

　　床头，照片中的你，灿烂依旧；

　　窗外，缥缈的歌声悠悠……

　　我，就在这只有歌声陪伴的沉醉中，清醒着。

　　风起时，恍然觉得——天凉好个秋！

不要长大

　　在我的想象里，你该是个孩子。有着孩子般圆
圆的稚气的脸，孩子般调皮的大大的眼睛，孩子般
天真灿烂的笑容。尽管和你相识的这段日子里，你
也会如大人般，向我倾诉你内心的烦恼。但我依然
坚信，你，只是一个没有长大的孩子。

有时，你会对我说，这几天非常郁闷，因为最好的朋友失恋了；有时你又会告诉我，正在读着的一本书，非常感人，你流了许多眼泪，眼睛都是红红的。每当这时，我总会嘲笑你：在别人的故事里流自己的眼泪。而你也总会愤愤地对我说：没有同情心啊，太冷血！

对于孩子气十足的你，我只能无奈地说：你该长大。但你却并不以为然，你说，不想这么快长大，因为长大了就会痛苦，因为长大了就会有太多的忧伤。而且，成长是要付出代价的，会疼的，因为怕疼，所以不愿长大。临了，你还不忘了调皮地问我：是不是很鸵鸟？

成长是无法逃避的。成长的过程，或许真的是痛苦的。就如同蛇在痛苦扭曲中，蜕去自己的外衣一样。只不过人一旦长大了，便会日渐麻木，也再难感受到那痛彻心扉的疼痛了。而不能感知痛苦，又何来快乐呢？

　　我，永远也弄不清，自己是如何在苦难与艰辛中长大的。但我却明明白白地知道，那些快乐与天真，正一天天地离我而去。

　　其实，尽管我对你说，你该长大。但在我的内心，却真的希望，孩子气十足的你，不要长大。我甚至希望自己也能停下老去的脚步，尽管这有些迟了，但或许还可以保留一点点，孩子般的快乐与天真。

寂寞无边

寂寞是一种心情，它常常会使你的内心，忧郁而烦躁；有时，它会将你抛向荒凉而无助的深渊，任你挣扎，任你呼喊！

寂寞是无声而通用的语言，无须翻译，没有字典；寂寞是凄美而厚重的音乐，如天籁般深邃而悠远。

　　寂寞是一种无奈，使你在伸手不见五指的黑暗中，只能百无聊赖地自我玩味；寂寞也是一种洒脱，使你忘却尘世的烦扰，在竹影摇曳的月光下，无所顾忌地对酒当歌！

　　寂寞是陈年的老酒，只有经过长久的窖藏，才能品出它真正的滋味；寂寞是摩天大厦的一块砖，只要大厦不倒，它就是那不可或缺的永远的镶嵌。

　　寂寞就像是一个枷锁，但时间久了，这枷锁自然也会慢慢锈蚀，松脱；寂寞又是一种磨炼，这长久的磨炼或许会成就你的耐心。

　　僧侣们是寂寞的。麻衣素食，木鱼青灯。终日里焚香默坐，合掌诵经。但你是否知道，正是这寂寞造就的虔诚，才使得僧侣们心中一直坚定着那不变的信念，才有了许多令后人景仰的得道高僧！

探险家们是寂寞的。一副行囊，便是全部的家当。旅途的艰难自不必说，那种内心的孤独与荒凉，就足以吞噬他们全部的勇气。但当他们走出沙漠与丛林，让他们最不能忘怀的，恐怕就是那终日伴随着的寂寞吧。

有一首歌的名字叫《寂寞让我如此美丽》。寂寞是否能使人美丽，似乎无从考证，但寂寞倒是的确可以创造出美好的意境。南宋诗人赵师秀在他的诗作《送翁卷入山》中就曾有过这样的诗句："小雨半畦春种药，寒灯一盏夜修书。"诗人在寂寞时所描绘的，该是怎样的一种淡然而美好的意境呢！

点亮你的花灯吧，今生你将是我心中永远的牵挂。

大漠孤烟直，
长河落日圆。

垂柳微摇千枝俏，
芳草初萌百态娇。

伶仃远行客，
千里挂归帆。

寂寞无言，寂寞无边，寂寞无法征服。寂寞就像一张恢恢而不漏的网，谁也无法逃避。每个人都在这网中呼吸着寂寞。但在这寂寞中，有人可以赢得一切，而有人却永远是一无所有！

留一块蛋糕给你

五月的某一天是我的生日。也许是一种巧合，那一天又恰好是一位伟人逝世的日子。于是我对你说，你看，一个伟人离去了，是不是又一个伟人诞生了？

我知道，自己大概真的是有些"大言不惭"。但没想到你却极认真地说：在我心里，你的确很伟大！

其实，我知道自己并不伟大。而生日于我来说，也并没有什么特殊的意义。我甚至有些惧怕这个日子。这个日子每来一次，自己就又老了一岁，我好像能感觉到脸上的皱纹又多了一条。但我却还是盼望，在生日的那一天，能得到你的祝福。

早晨，打开手机，是一条你午夜零点零一分发来的短信：我一定是第一个向你说生日快乐的人！如果可能，我想把自己作为生日礼物寄给你，哪怕保质期只有一天！

再打开电脑，屏幕上是一张精美的贺卡和你的留言：我想对你说，生日快乐！我想听你告诉我，想不想我……

于是，在那个生日的夜晚，在朋友们的祝福声

中，我把自己喝得烂醉！但在切蛋糕时，我却非常
的清醒。因为我要留一块生日的蛋糕给你，那，是
我的一份心意。

你是我夏日的清凉

很长一段时间没有上网了，甚至连邮箱上似乎都已布满了灰尘。

在这个夏日的夜晚，静静的，一个人坐在电脑前，打开邮箱。我知道，那里面一定会有你发来的邮件，但没想到会有如此之多。而每封邮件的主题，又都有些怪怪的，"绿豆汤""凉啤酒""冰棍儿"……

随手打开一封，画面上，是一碗晶莹剔透的绿豆汤；再打开一封，画面上的一根冰棍儿，似乎正在冒着丝丝的凉气……一口气打开所有的邮件，那感觉，就如同真的享用了这各种各样的消暑食品，周身竟也真的感觉到了一丝清凉。

最后的一封邮件，是一盆兜头泼下的冷水，旁边是你留下的文字：你真的中暑了吗？醒醒吧！

其实，无需这盆冷水，我也清醒地知道，不该这么长时间失去和你的联系。只是你知道吗，面对生活的压力，有时的我，的确是有些喘不过气来。我真的想告诉你，虽然很长的时间，我都没有给你留下片言只语，但我的内心，却真的对你充满感激。常常的，我总会在脑海中勾勒和描绘着你。而每当这时，我又总会闭上眼睛，在平静中，无声而安详地想你。

感谢你的"绿豆汤"，和你的那份遥远而熟悉的牵挂。有了你，在这漫长而炎热的夏季，我便会少一些莫名的烦躁；有了你，在我孤独和寂寞时，便会多一缕攀爬的思绪。

你，是我夏日的清凉。

男人·女人·刺猬

　　这题目，似乎是有些古怪。男人、女人与刺猬何关？

　　人与刺猬虽不同种，但在哲学家眼里，关联不但存在，而且，似乎还蕴涵着耐人寻味的哲理。

　　哲学家叔本华在阐述男人与女人之间的关系

时，曾有过这样一段形象的比喻：男人和女人，就像冬天里相互依偎取暖的刺猬。太近了，则容易相互刺伤；太远了，彼此又会感觉寒冷。

大师的比喻，形象而有趣。非常的贴切，绝对的深刻。

冬天里的刺猬，我没有见过。而冬天里的刺猬，是否会相互依偎着取暖，亦不甚明了。但想来一定不会是以刺相向吧。而我有时更会无聊地想，刺猬们也总是要传宗接代的，做那事儿时，它们又是如何拥抱而不被刺伤呢？更没见过！

世间男女，相比于刺猬自是幸福了许多，因为无刺！所以相互依偎、相互拥抱起来也就容易了许多。男欢女爱，原本是人类的本能。心灵与肉体的相互拥有，又是无数痴情男女不懈的追求。但如果彼此间缺乏了解，缺少默契，或者，单纯只以占有为目的，其结果大都是悲哀的。而那激情过后的伤害，大概也并不亚于被刺的感觉吧。

男人与女人，本就在遵从着异性相吸的法则。如果非要让他们保持一定的距离，真的是有些难以把握。柏拉图式的精神恋爱世间少有，肉体的吸引却是人之常情。况且人对寒冷的感知不像刺猬，并不一定遵从于季节的变化。所以在我们的身边，即便是在这大热天儿，仍然会有相互"取暖"的男人与女人。只不过，有的是真心相爱，而有的，不过是应时应景罢了。

其实，如果两情相悦，又能彼此温暖，即便

冷不丁被不小心刺了一下，又有何妨呢？因为保不准谁的衣兜里，就会揣着个硬物件儿呢。所以，倘或因为"取暖"而被"刺伤"，大可不必呼天抢地，不依不饶。就当是为温暖而付出的代价吧。或者，找个没人的地方，自己疗伤为好吧。当然，如果总被伤害，以至于连疼的感觉都没有了，那，就是另一种悲哀了。

　　生活中的有情男女，总在渴望着相互的贴近，渴望着彼此间的"零距离"。但依照着"男人·女人·刺猬"的理论，或许，还是该留一些空间，以免刺伤别人。或者，在有意无意间，让别人伤着自己。

我是真的想宠你

很长久的日子里，你我之间，好像形成了一种默契。不想说的，不用说；不该问的，也绝不好奇。

但，忽然有一天，你在电话的那端，怯怯地说：今生我会等待，但我能不能要求，哪怕是一点点的宠爱？

那一刻，我真的不知道，我该如何回答你。相识这么久，但你我却从未谋面，你对我，又怎么会有这样的信任？

其实，在我的内心，我是真的想宠你。

对我来说，宠你，是一份我未曾预料的欣喜，尽管我曾无数次的，凭着想象，勾勒过你的美丽；宠你，又仿佛是一缕遥远的记忆，或许，前世的你我，就曾经亲密地，相偎相依。

你，是清新的空气，我担心，你会不会拒绝我贪婪的呼吸；

你，是蒙蒙的细雨，我忧虑，你会不会嘲笑我破旧的蓑衣。

其实，我是真的想宠你。

我真想，张开这双臂，紧紧地拥抱你，倾听你在我怀里喃喃的低语；

　　我真想，褪去这身上多余的包裹，任凭你的指尖，在我赤裸的胸膛上轻轻地划过……

　　或许，你对我要求的只是一点点宠爱，但你知道吗，我对你的思念，无时不在，并在心中的每一个角落，弥漫，散开……

　　今夜，我会在这里等待。今夜，你会不会来？或许，寒冷的冬夜，会将这份期待掩埋。但我却相信，明日清晨的阳光，一定会带走这缕相思的无奈……

来生的约定

　　我不知道，人，会不会有来生。如果有，那又该是怎样的一番情景？生与死的轮回，灵与肉的交割，是不是一定有它固有的法则？

　　但我却真的盼望，能有来生。

　　今生的你我，如两条平行的铁轨，难以交会。

纵使我伸长手臂，却仍然无法，送你一支红色的玫瑰。

　　昨夜的酒已醒，今生的缘已定。

　　盼望来生吧。倘若真能有来生，我会邀你同行。在每一个满天繁星的夜晚，我会拥你入怀；在每一个洒满阳光的清晨，我会等你醒来。

　　盼望来生吧。如果上苍垂青，你我便都会有来生。只是不知道，你是否愿意，和我签下这份，来生的约定？

秋雨如丝寒意重，
流年似水心境空。

远山烟雨方入胜，
田园草木正含青。

巍巍烽火台，
往事越千载。

韶华逝去负流年，
空叹红颜。

自然生远心

　　自从在网络上与你相识，似乎已注定你会走入我的生活。

　　虽然身处两座城市，但那份陌生而熟悉的关爱，却时时流连于你我的身边；那份遥远而温暖的牵挂，也会时时荡漾在你我的心间。我的生活，因你的存在而多了一抹亮丽的色彩；我的内心，也因你的存在而显得丰富而充实；就连我手中的笔，也因你的存在而变得流畅而充满激情。

开心时，你会问我，是不是心情也如你一样的晴朗？忧伤时，你会问我，是不是可以帮你落几滴伤心的泪水？有时你会告诉我，自己犯了错，挨了老板的骂，于是你便买回了一大堆香甜可口的美味，吃了个昏天黑地并把自己弄得满身香甜味；有时你又会对我说，网吧里很冷，冻僵的双手渴望着我温暖的胸膛……

我，就这样感知着你，感知着你的快乐与忧伤。而这一切于我的生活来说，已是那样的亲近而不可或缺。

有人说，网络是虚幻的。也有人说，网络是真实的。就在这虚幻与真实之间，你我共同守护着那份内心的平静，并在这平静中，终日做着属于我们自己的梦。

很多次，我有些耐不住那份冲动与好奇。想知道屏幕后面的你，该有着怎样娇美的面容；想把你实实在在地，拥入我的怀中。但最终，我却放弃了这样的念头。因为我知道，如果将这所有的一切，平移到现实的生活中，那么，那些梦幻般的色彩，也许会变得真实而目眩；那些美丽而飘忽的感觉，也许就会一去不返。而你我的由色彩和感觉充盈着的内心，也许会在一瞬间，变得空空荡荡！

忽然，想到清代僧人原济的一副名联：何必见千里，自然生远心。

我真的是感觉有些奇怪，在那个遥远的没有网络的年代里，原济何以会有这样的颇具禅味的名言呢？这或许是因为时代的变迁、光阴的流逝并不能改变人性与生活的本质吧。

　　我不知道，在未来的许多年里，我是否依然能够耐得住自己的好奇，是否依然能够用自然而平静的心情，始终牵挂着千里之外的你。但我想，我会尽力守护着这份平静。因为只有平静时，才会少一些叹息；因为只有平静时做的梦，才会安详而美丽。

海边的丫头

　　第一次在网上与她相识，我便随口称呼她"丫头"。对这样的称呼，她似乎是有些许的不悦。忿忿地说，只有父母可以这样称呼我，你——凭什么？我说，就凭我比你多吃的那许多年的咸盐吧。于是，她笑。于是，在这笑声中，她接受了这个称呼，而我们，也在这一次次面对屏幕的对话中，成了朋友。

丫头心高。

走出大学的校门，总以为未来一定是蓝蓝的天、宽宽的路。所以，自负着自己的才智与勇气，在终有一天会衣锦还乡的美梦中独自漂泊。即令碰壁，也始终不愿停下前行的脚步。

丫头气傲。

为了找到一份属于自己的工作，在别人的城市里，不停地奔走着。即便是在那些两天只吃一个面包的日子里，也不愿开口向家里讨几个维持生活的钱。而宁愿在无数个寂静的夜晚，面对着自己寂静的手心。

丫头天真。

应聘时，老板问，你想要个什么样的老板？丫头说，想要一个有故事的老板。老板笑了，留

下了她，但却没有把故事讲给她听。其实，哪一
个老板没有自己的故事？或许这故事有俗有雅，
有荤有素，有苦有甜，但，一定有。

丫头善良。

每每在车上，总会把座位让给那些比她更需
要的人。丫头说，她把座位让给别人的父母，也
希望有一天，别人也会把座位让给她的父母……

但，丫头终归还是丫头。坚强的泪水也会挂
在年轻的脸上，漂泊的人也会在孤独的夜晚，黯
然神伤。

丫头说，每当自己独坐海边的时候，总盼望
能有一个温暖而宽厚的肩膀可以依靠，总希望留
在沙滩上的脚印，不再是孤零零的一行……

丫头，或许有一天，我会来到这座海边的城市。和你一起漫步在沙滩上，看远处点点的白帆，听海浪拍岸的声音。但也许，这一天，永远不会有。

曾看过一段配在漫画旁边的文字：在众多的邻居中，那位隔着墙冲你微笑，而从不爬过来的，就是好邻居。

我想，我该是个好邻居。我的微笑会在未来的日子里，始终陪伴着丫头。而这中间的墙，似乎也已不再重要了。

海边的丫头，阳光会温暖每一个坚硬的日子，我的祝福也会始终伴随着你。

丫头，吉祥。

点亮你的花灯

　　学校放寒假了，你也回到了父母身边过年。我在思念的煎熬中等待着，等待着你的消息，也等待着你的归期。

　　元宵节的晚上，我终于等到了你的电话。

　　你在电话中告诉我，你刚从元宵节的灯会上回来，在灯会上买了一个漂亮的花灯，并举着那点亮的花灯，从庙会一直走回了家。

你说，手中的花灯就是我，有了我的陪伴，你便不会再感觉孤单。

你还说，庙会上人很多，美食也很多。整个庙会的空气中都弥漫着羊肉串儿的香味儿，真的很想买一串儿尝尝。

我问，买了吗？

你说，没有。

我问，为什么没有买？

你说，过年的这些天会坚持吃素，为的是能在来年为我们带来一年的好运气。

对于你孩子般的做法，我不置可否。但我的内心，却真的充满感动。今生的你我注定将会携手同行，我希望能如你手中的花灯，为你照亮未来的路，也希望你的虔诚能够帮我们度过未来日子里的所有磨难和坎坷。

　　街边高挂的灯笼，依旧在装点着节日的气氛。夜晚时不时响起的花炮声，似乎承载着人们对过去日子的告别和对未来无限的期盼。

　　在喧嚣过后的寂静中，我在独自整理着自己的收获与心情。压岁钱自是不会有人给了，但我却有你的花灯，和你的一份坚持吃素祈求好运的虔诚。我在想，手执花灯的你，一定非常的美丽。而你的虔诚，也必将会为我们的每一个明天和明年带来好运气。

　　点亮你的花灯吧，今生我愿陪伴和照亮你的未来。

　　点亮你的花灯吧，今生你将是我心中永远的牵挂。

　　点亮你的花灯吧，只为来世我还能牵你的手回家……

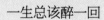——一生总该醉一回————

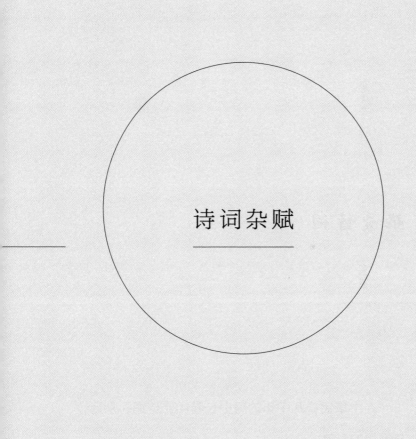

诗词杂赋

热爱诗词

在中华民族几千年的历史长卷中，诗词，永远是厚重的一笔。

纵观全世界的语言和文字，恐怕只有华夏文明孕育出的汉语言和文字，方能够创作出那些韵律规整、意境深远的千古诗词。

记得小时候读到的第一首唐诗，是李白的《静

倚窗望归雁，
极目长天。

月桂凝香枫如血，
望断残阳。

君知离别苦，衷肠难诉。

本是异乡客，寥落知多少？

夜思》："床前明月光，疑是地上霜，举头望明月，低头思故乡。"尽管那时候，还不能完全理解诗中所表达的思乡的情感，但简洁的文字和优美的韵律却让我着迷。

而我印象最深刻的曲作，是元代马致远的《天净沙·秋思》："枯藤老树昏鸦，小桥流水人家，古道西风瘦马。夕阳西下，断肠人在天涯。"这首曲所创造的情景交融、心物合一的悲凉凄苦的意境，至今令后人叹为观止。

很多年来，我流连在诗词的海洋中。唐诗、宋词、元曲中那些流传千古的名句，让我对诗词的热爱与日俱增，也让我愈发迷恋诗词。

喜爱诗词，因为诗词的语言简洁凝练、意境深远，寥寥数语便可描绘一方山水，表达一种心境，讲述一个故事。

　　几年前，有机会自驾去了一趟额济纳旗。额济纳旗远在内蒙古的最西部，地处巴丹吉林沙漠的腹地，这里有着边陲大漠所特有的雄浑开阔的壮丽风光。

　　而我之所以选择去这里，除了想去感受一下额济纳沙漠胡杨的魅力，更重要的，是想去亲身体验王维在《使至塞上》那首诗中所描绘的"长河落日"的壮美景色。

　　日落前，我们一行人赶到了居延海边，王维在诗中所提到的"属国过居延"，大抵应该就是这里了。

　　居延海，或许是因为曾经的广袤辽阔而被称为海，但其实它只是沙漠中的一片湖泊。很多年前，因为气候的原因，这片湖泊就已经干涸了。前些年，国家为了改善当地的生态环境，从其他地方调水，经由古老的弱水古河道注入干涸的居延海，方才重现了昔日大漠中的居延海烟波浩渺、水天一色的壮观景色。

    站在居延海边极目远眺，蜿蜒的弱水河在广袤的沙漠中好似一条银色的飘带；一轮即将落去的红日，犹如一个巨大的圆盘挂在天边。远远地，大漠中的一股旋风卷起的沙尘，仿佛一缕青烟，直冲云霄。这美妙的景色永远定格在了王维的诗中："大漠孤烟直，长河落日圆。"

    在以后的很多年里，居延海边的落日景色犹如一幅画，深深印刻在了我的脑海里，而我对王维的这首诗也有了更加深刻的理解。诗人只用了寥寥几个字，便凝练而准确地勾勒出一幅雄浑开阔、意境深远的大漠夕照图。诗人优美的诗句所带给我的除了美妙的景色，还有无数次的心灵荡涤。

一首好诗、一阙好词，读来就如同在眼前展开了一幅唯美的画卷，意境深远，回味无穷。或许，这正如人们所说的，一个好的画家，画中有诗；而一个好的诗人，诗中有画。

我喜欢诗词，热爱诗词。

但愿，能有更多的人喜欢并热爱诗词。

但愿，在这个喧嚣纷扰的时代里，人们能够守住诗词这片精神的家园，静静地去感受诗词所带来的那份不可言说的美妙体验。

　　昔年春，与友踏青同游。遇小雨，雨后得见彩虹。雨打桃花，落英缤纷；转瞬间雨过天晴，长虹映日，浩气当空。奇景天成，美不胜收。流连忘返，夜宿山中。晴空朗月闻遍野之花香，水清山幽听天际之笛声。当此美景，令余心荡神摇，沉醉之情，不可言表，遂拼凑此诗以记之。不求平仄，但为抒怀……

春

垂柳微摇千枝俏，

芳草初萌百态娇。

落英又酿桃花酒，

春雨重描七彩桥。

小径缠腰溪水绿，

青山俯耳夜听萧。

斗转星移风拂面，

醉卧花丛不觉晓。

秋

瑟瑟秋风漫，

萧萧落叶残。

霜染枫林醉，

云追落日寒。

天际暝鸦乱，

江中渔火绵。

伶仃远行客，

千里挂归帆。

　　仲秋夜雨，思绪良多；骚客风雅之心顿起，遂勉力而附庸之。奈何学浅才疏，不及前人之万一也。莫论平仄，不规韵律，惟余彼时之心境耳。

秋·雨

秋雨如丝寒意重，

流年似水心境空。

动静施为皆有道，

冷暖轮回总无声。

田 园

远山烟雨方入胜，

田园草木正含青。

负手仰观云追月，

闲庭坐待晚来风。

长城感怀

巍巍烽火台，雄浑不改。

金戈铁甲扑面来。

胡马嘶风狼烟立，

号角声哀！

往事越千载，桑田沧海。

秦砖汉瓦今犹在。

寒来暑往乾坤替，

几度兴衰？

红 颜

对饮红烛残，曲尽承欢。

梦醒已成孤枕眠。

美酒良宵衾尚暖，

怎不辛酸？

此情可堪怜，泪影阑珊。

一帘幽梦化云烟。

韶华逝去负流年，

空叹红颜！

雁

倚窗望归雁，极目长天。

高歌曼舞紧相连。

南来北往终是客，

冬去春还。

昂首向天边，山高路远。

风雨兼程又一年。

长空振翅千万里，

谁知冷暖？

思 乡

把酒放眼量，秋色含窗。

天高云淡雁成行。

月桂凝香枫如血，

望断残阳。

聚散总无常，前路茫茫。

酩酊不觉夜风凉。

缓扣柴门家犬吠，

梦里归乡。

七夕

天河谁与渡，泪眼相顾。

鹊桥暂作通天路。

又逢佳期今聚首，

相思无数！

君知离别苦，衷肠难诉。

金风玉露留不住。

汉渚星光凉如水，

情归何处？

异乡客

伏案夜修书，烛残不觉晓。

笔墨难尽思乡苦，只怨晨光早。

本是异乡客，寥落知多少？

诗酒纵横天涯路，自有风光好。

望楼台

月色漫楼台，

微风起，朱窗开。

池水微皱，树影婆娑，

为谁把酒独酌？

红烛渐暗，天际泛白，

怎不见故人来？

往事难回首，

情未了，几多愁。

锦衣霓裳，美目含羞，

妩媚红唇依旧。

烟雨愁人，覆水难收，

相思尽付东流。

月色漫楼台，微风起，朱窗开。

秋风起，秋意凉，

游子何时归故乡？

百转千回，柔情似水，

抹不去相思泪。

沧海成空，天涯路远，

何日盼君归？

路远总要前行，

登高自有风景。

回首望楼台，

雕梁未改，

沧桑岁月随风去，

道不尽往日情怀。

守 候

有多少分手，

忍不住回头，

牵挂早已带走，

思念洒落身后。

忘不了每个回眸，

忘不了每声问候，

纵然是风雨同舟，

载不动别绪离愁。

有多少温柔，

道不清缘由，

甘愿倾其所有，

哪怕覆水难收。

爱是不息的河流，

情是醉人的老酒，

冷暖间初心依旧，

只为了一生守候。

宿命

晚风吹过寂寞的天空，

夕阳画出孤独的身影，

不想喝醉又怕酒醒，

相聚总是在梦中。

昨日仿佛远去的背影，

未来宛若摇曳的风铃，

视线中的你日渐模糊，

风起时不再有内心的安宁。

爱是无言的心境，

情是艰苦的修行，

不想放弃却又无法拥有，

头破血流也逃不过宿命。

聚散自有天定，

爱恨相伴相生，

你是我生命中划过的流星，

瞬间闪耀已是最美的风景。

收藏了岁月风干的泪水，

再次踏上信仰的旅程，

往事早已抖落随风，

回忆已不在行囊中，

忘记了就不要想起，

宿命将同我一道远行。

我是不是应该走开

我是不是应该走开，

也许我真的不该来。

没有青梅竹马，

没有两小无猜。

只因命运的安排，

相遇在茫茫人海。

尽管彼此相爱，

内心却总有不同的期待。

我是不是应该走开，

也许我真的不该来。

演绎着牵手的故事，

却找不到各自的舞台。

你渴望站立在中央，

我却喜欢角落里的独白。

曾经风雨同行，

如今却只能一个人徘徊。

其实我不想走开，

你是否也在等我回来。

聚散总在上演，

缘分终有安排。

太阳总要升起，

黑暗终会被掩埋。

只要命运注定了同行，

两个人的故事总比一个人精彩。

别再忧伤

也许，我不懂你的忧伤，

也从未见过你流泪的模样。

为什么总让逝去的记忆占据你的思想？

为什么你年轻的脸上写满沧桑？

也许，我不懂你的忧伤，

也许是你内心的伤口太深又太长。

每一次的触摸，

都会让你心痛难当。

每一次的回忆，

也会让你黯然神伤。

也许，我不懂你的忧伤，

也不知道泪水是不是成长必需的营养。

但我却知道，

泪水浇灌不出绿色的希望，

忧伤也只会让你的内心，

日渐荒凉。

人在流浪，心在流浪。

漂泊的你，

无法承受这厚重的忧伤。

漂泊的心，

又怎能在泪水中扬帆远航。

擦干眼泪吧，别再忧伤。

扬起你青春的脸庞，

面向太阳，

让心中的每一个角落，

洒满阳光。

擦干眼泪吧，别再忧伤。

不要让泪水模糊了你投向远方的目光。

擦干眼泪吧，别再忧伤。

不要让泪水打湿你飞翔的翅膀。

擦干眼泪吧，别再忧伤。

生命原本就需要学会坚强。

归 乡

多少次离别，总有深情的凝望。

多少回重逢，总有温暖的目光。

你的坚守，让我不再彷徨。

你的嘱托，伴我走向远方。

这份情山高水长，

这份爱地老天荒。

风物在，放眼量，

青山不老夜未央。

聚散也平常，不在乎漂泊流浪。

爱恨都是缘，总会有欢喜悲伤。

我的内心，是岁月的行囊。

我的思念，为你信马由缰。

看遍了人间万象，

历尽了尘世沧桑。

秋风起，秋意凉，

游子何时归故乡？

后　记

　　掩卷长思，书中的内容勾起了我对几十年平常生活的回忆，清晰温暖，历历在目。人们总是感叹时光如流水一般，倏忽即逝。当有一天回首来路的时候，你才真正发现，时光的流逝是如此的残酷和如此的不经意，人生既是如此的漫长，又是如此的短暂。

　　我出生在离城区几十公里的燕山脚下，老辈儿上据说是以烧砖窑为生。小时候，交通不便，近百里的路程，要想进趟城，其实也不是一件容易事儿。因而故宫、北海于我来说，似乎也是非常遥远的存在。所以虽然我的祖辈一直生活在这片土地上，但我觉得自己充其量也只能算是一个来自乡下的北京人。或许正是因为这个缘故，使得我对乡野田园有了更深的眷恋和热爱。

　　生于斯，长于斯。我热爱这座城市，热爱这片土地。我的文字孕育于这片土地，也希望这些文字能够为这座城市留下一段长久而美好的记忆。尽管我知道，在时光的长河里，每个人的存在都不过是短暂的一瞬，但我依然希望我的这些文字能够为这短暂的瞬间，留下一点光亮，哪怕只有一点点。

一千个读者，就有一千个哈姆雷特。每一个读到这些文字的人或许都会有不同的理解。这些文字不是我人生经历的琐碎记录，而是无数个如我一样的普通人看似千差万别，实则大同小异的生活和情感的呈现。

至于书中所收录的诗词，其实我总觉得有照葫芦画瓢之嫌。虽然形制相似，实则平仄不合。或许是因为对诗词的热爱，使得我不忍舍弃，如有不妥，就权当是我对传统文化的一种推崇与弘扬吧。

感谢我的朋友郑春蕾，我和他有几十年的交往了，是他从始至终的支持、鼓励和无私的帮助，才使得我的这些原本是想写给自己的文字得以成书。感谢当代世界出版社编辑老师们真诚的建议和辛勤的工作。同时，我还要感谢这本书的封面设计师未氓和插画师那的，他们的创作为本书添加了很多色彩。

　　人似秋鸿来有信，事如春梦了无痕。我希望这些文字能够有机会告诉我们的后人，我们来过，且活过。

2022 年 10 月于北京